U0152451

清蒲集

畫說唐詩一百首

圖——李志清

文——蒲葦

序

人生中當你忙忙碌碌，於名利場的泥濘裏打滾倦透的時候，你有想過去讀一首詩嗎？那是一處心靈的棲息地！

沏一壺茶，翻開書。忽然間，在你的面前出現一棵古松，一位白頭老翁在上面悠閒高臥，他對你說：「紅顏棄軒冕，少年時便已放下名利，何必執着。」忽然間，又見到江楓漁火，聽到寒山寺的鐘聲，梵音裊裊。再翻書，但見兩人把酒話桑麻，彷彿我也列席其間，閒話家常。

邂逅一首詩，可以細吟、朗讀。也可臨池品味。我呢，是磨一硯墨，揮灑丹青。

幸有緣參與這本小書，給我一個大好機會。藉此，每天讀一兩首，細細咀嚼。進入古唐的世界，尋找到我的精神家園，內心無限的富足。

不知道在甚麼地方？是遠或近？有一位老師，叫做蒲葦老師，他執筆為文，碰上那一首詩，加上我的畫，不需要舉杯邀明月，詩、文、畫歌舞徘徊，聚在一起。

唐詩三百首，我選畫的都是隨意亂翻書，讀着有所感悟，落筆繪畫。有些幼年時讀過，深印腦海；有些是本書的編輯作者互相點選所得。

寫畫風格希望力求多變，避免千篇一律。或以幽默風趣使當代人共鳴，讀得輕鬆；或以深邃的情感與古人相會，謹奉詩人！

畫成後，蒲葦老師以博學之才，學者之筆，畫龍點睛，文字豐富了圖畫，令詩意更深一層，也豐富了讀者想像。

一百篇唐詩畫作完成了，我舒一口氣。但又若有所失，彷彿要離開這個精神家園，依依不捨。

願我們只是醉後各分散，永結無情遊，相期邈雲漢！

更祈願清蒲小草於俗世中茁壯成長，比若空谷幽蘭！

李志清

癸卯年仲春於青山水閣

序

一　在安全島忽逢桃花林

《情迷午夜巴黎》（*Midnight in Paris*）是活地．阿倫（Woody Allen）的名作，主題是穿越。主角回到過去，重遇幾位經典的大文豪、大畫家，讓他們重現風采，與觀眾分享經歷和智慧。電影十多年前公映時，我一個人坐在戲院，與名士遨遊文海，深有共鳴，在一片漆黑襯托下的時光舞台，那些不朽的詩篇與人物，特別明亮。

怎也沒想到，過去大半年，我也有電影中的奇遇。在志清老師的妙筆引領下，我變成身處盛唐（六一八—九〇七）的蒲葦，滿腦子都是長安美景，好像也多了很多洛陽親友，更有幾位大詩人為我介紹景點，與我把酒談心。他們包括詩聖、詩仙、詩佛、詩僧等。還記得，我與王維並肩而行，行到水窮之處，索性靜看雲起，興盡而返。遇到杜甫，我跟他說，此間確有廣廈千萬間，但住的都不是寒士。在一個渡頭，我碰到白居易，一起遇到那位楚楚可憐的琵琶歌女，到如今，風韻猶存……不，身為老師，我應該說琴韻猶存。

轉眼間，半年過去了，當腎上腺素回到正常的數字時，我知道我又回到二〇二三年的香港。街外人車爭路，我站在安全島，靜靜地想得出神。鼎沸的人聲換成鳥語花香，不遠之處就是桃花林，彷彿若有光，我便放下背囊，順光而行，但忽爾又回到般咸道，鐘聲不是來自寒山寺，而是任教的學校，催我趕快拍卡上班。

直至在群組看到志清老師的信息，我才曉得這是怎樣的感覺，他說：

一百篇唐詩畫作完成了，我舒一口氣。但又若有所失，彷彿要離開這個精神家園，依依不捨。願我們只是醉後各分散，永結無情遊，相期邈雲漢！

我不怕人笑，看到這幾句，我的淚眼立即像洞庭湖迎來了一場大雨，得以好好地、痛痛快快地哭一場。好一趟唐詩之旅，是圓滿也是結束。幸遇知音，依依不捨，悲欣交集，難以形容。幸好遇到志清老師的句子。

二　回到現實

快意過後，編輯為免蒲葦留戀詩篇，不務正業，遂要求我為這本書作一些理性分析，我當即提筆遵命，首先略說文字工作的部份。

我首先在電腦打開志清老師的畫作，放大畫面，然後徐徐進入與現實生活截然不同的世界。志清老師畫意盎然，畫風多變，帶我遊遍古今中外。畫意、詩意、人情味、人生感悟，是本書的四大要素。我完全不懂繪畫理論，反而更容易通過直觀進入畫中的世界，純用個人的情感、文字去捕捉感動我的畫面，順着詩意自由飛揚。我嘗試通過不同的角度進入畫家、詩人的世界，是那麼貪婪地，既想回到從前的地方，又想在切中畫家、詩人的本意以外有所感悟或延伸。就像每次知道朋友去旅行，都很想不被遺棄，「帶我一起去吧，我可以構思行程」，大概就是這種感覺。

我進入畫面，嘗試理解志清老師選擇那幾句詩的原因。為怕主觀，我找出原詩，探尋詩人寫作時的背景、感受，再斟酌一些賞析篇章，勾勒大意，同時盡量消滅一些學術味濃的文字，希望不打擾讀者的美感直覺。游於藝，讀者可在如詩的畫面多賞看一會，倘有雅興，另一道文字之門也將為君打開，希望圖畫與文字，志清老師和我，一加一，最後能大於二，讓讀者留下印象。當然，我們最希望的，是讀者能在營營役役的生活中尋獲一處寧靜之境，享受片刻的感動，並從唐詩中找到生活的能量。

觀察入微的讀者當會發現，志清老師的畫總有人在，或佔據其中，或偏安一角，都可親可感，極富人情味。我尤其喜歡他把自己繪進畫中，每看到此，我就知道文字可以有很多幽默、佻皮的空間，為我帶來無限創意，也讓這本書變得非同一般。

請大家特別留意《丹青引贈曹將軍霸》，畫興或詩興來到時，畫家與詩人都會自我膨脹，主導各種色彩或文字鋪排，一百篇之中，志清老師在此畫佔的空間位置最大，我明白，又很喜歡，便大膽寫下：

詩人與畫家，難得知遇，他送他一首詩，他送他一幅畫。

世事茫茫，他寫他的詩，他畫他的畫。

歲月悠悠，都會過去，只有文藝，才永遠栩栩如生。

寫的時候，是以志清老師作畫家原型，既向他致敬，又很感謝他給我很大的發揮空間。因為他，我得以提升水平和層次，我感謝他，感謝他對我的包容、鼓勵，感謝他給我很多學習的機會。

三　編排補充

本書以畫面、詩意、感悟為重心，希望讀者每有意會，能欣然暫忘各種煩惱，投入文藝的世界，感受詩人、畫家的盛情與雅意。畫說唐詩一百首之後，如何有序編排目錄，的確是編輯部的難題。我們想過以詩的題材作區分，大概分成七、八類，例如述戰爭、送友人等，這麼一來，倒好像為讀者的理解設下框架。約定俗成，卻容易成為制約。此外，每首詩，甚至每一句，其實包含豐富的感情，可移於此，可加諸彼，百感交集，要為情感歸類，隨時吃力不討好。

最後我們決定以體裁作簡單分類、排序。同一類別下，同一詩人的作品歸納一起，相信更能理解詩人的寫作背景及心路歷程。又因題材佈置不一，盼望讀者在閱讀過程中，能增加神秘感，或對其中的畫面和文字，作更自由奔放的聯想和解讀。

圖畫、文字有盡，但意境無窮，希望這本書能成為讀者尋訪唐詩世界的起點、之一。倘能成為「之一」，我們這個製作團隊也一定因為能完成初心而深感萬幸。在石屎森林的一個小小的角落，感恩有過這場相知相遇。

借此，我特別感謝天地圖書的兩位文友，林苑鶯小姐及張宇程先生，沒有他們，此書不可能成真，包括屬於我的半年桃花源一般的日子。感謝天地圖書的整個製作團隊，完成工作後，我仍時時想起他們，當然也包括志清老師。

蒲　葦

二〇二三年．春天．晴

於聖保羅書院圖書館

目錄

五言律詩

七言律詩

五言絕句

七言絕句

樂府詩

古體詩

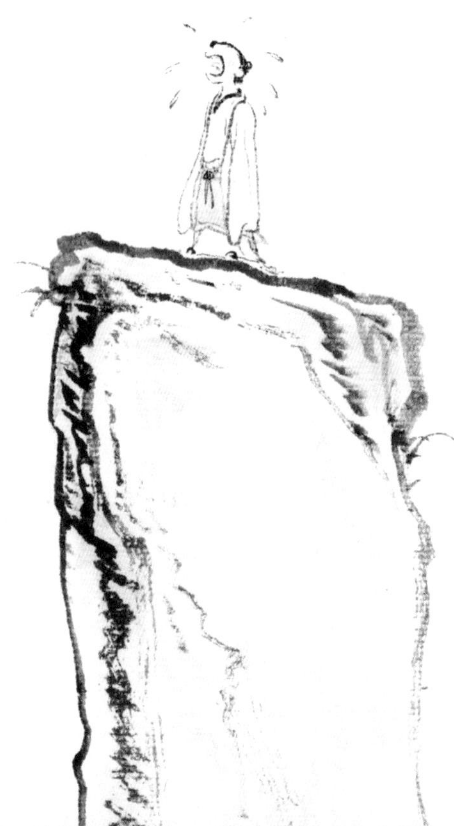

前不见古人後不见来者念天地之悠々獨愴然而涕下

友浩

古體詩

登幽州臺歌

陳子昂

前不見古人，後不見來者。
念天地之悠悠，獨愴然而涕下。

登高呼嘯，問蒼蒼者天，誰主浮沉？此際若有雲來，應笑我多情，甚至嘲諷我的幾滴熱淚，徒然被風秒殺。

悠悠天地，藏着從前、過去、曾經，並由此鋪出將來。前有古人，後有來者，為甚麼我身處其中，卻如此孤獨？

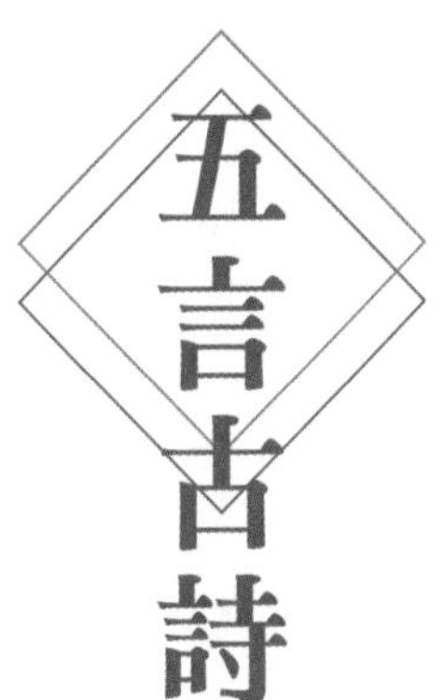

五言古詩

白毛浮綠水
紅掌撥清波
志清

詠鵝

駱賓王

鵝鵝鵝，曲項向天歌。
白毛浮綠水，紅掌撥清波。

鵝鵝鵝，鵝很榮幸。據人們說，小朋友學唐詩，最先認識的就是鵝。

白天鵝開心極了，牠伸長頸項，用紅色的腳掌用力踏水，又再引吭高歌：「鵝，鵝，鵝。」

「鵝好看嗎？」牠用鵝語問。

散髮乘夕涼
開軒臥閒敞

五言古詩

夏日南亭懷辛大

孟浩然

山光忽西落，池月漸東上。
散髮乘夕涼，開軒臥閒敞。
荷風送香氣，竹露滴清響。
欲取鳴琴彈，恨無知音賞。
感此懷故人，中宵勞夢想。

一個夏天的傍晚，意境一應俱全，只差你來。想你啊，辛大大，我的老友，此刻你在何方？無論如何，今夜夢中見。

此際並無雜務，且倚南窗寄傲。我和我的書，我的茶，都在懷想知音。話題天天都多，但傷知音稀。無論如何，今夜夢中訴。

飲馬渡秋水
水寒風似刀

塞下曲四首·其二

王昌齡

飲馬渡秋水，水寒風似刀。
平沙日未沒，黯黯見臨洮。
昔日長城戰，咸言意氣高。
黃塵足今古，白骨亂蓬蒿。

秋夠深，幾與寒冬無異。邊塞詩人剛好身在邊塞，風在怒號，像吹來了刀鋒，人的衣角也揚起如戒備。一片平沙黯黯，曾經的干戈或曾經的風光，都只能在魚尾找到痕跡。水冷如此，馬何以堪！更不要說還要渡河，趕下一程了。

我醉君復樂陶然共忘機

志清

下終南山過斛斯山人宿置酒

李白

暮從碧山下，山月隨人歸。
卻顧所來徑，蒼蒼橫翠微。
相攜及田家，童稚開荊扉。
綠竹入幽徑，青蘿拂行衣。
歡言得所憩，美酒聊共揮。
長歌吟松風，曲盡河星稀。
我醉君復樂，陶然共忘機。

傍晚，終南山的月亮漸漸探出頭來，照出一條明確的小路，讓李白沿路回家。一天到此，看來沒甚麼特別。

直至與斛斯山人不期而遇，才特別高興。終南山山高路茫茫，沒有約定的久別重逢顯然更有詩意，也更稱快意。「我家有好酒，相請不如偶遇。」山人拖着李白的手，穿過翠綠的小徑，彷彿從相識開始的一條時光隧道，來到一個驛站，可以短暫憩息。

才一會兒，剛才開門的孩童就知道不便打擾。

「唏，我說一加一，一定大於二。」李白說。

「李兄，你醉了！」山人說。

「哈哈，我沒醉，你再拿一瓶酒來，我加上你，再加上酒，還不大於二？」

再過一會，二人已相與枕藉乎家中，不知東方既白。

舉杯邀明月
對影成三人
志清

月下獨酌

李白

花間一壺酒，獨酌無相親。
舉杯邀明月，對影成三人。
月既不解飲，影徒隨我身。
暫伴月將影，行樂須及春。
我歌月徘徊，我舞影零亂。
醒時同交歡，醉後各分散。
永結無情遊，相期邈雲漢。

李先生，您的《月下獨酌》真是對付孤獨的典範，一意化三疊，邀月邀影共飲，無論獨而不孤，或孤而不獨，總之就不讓孤獨成形。孤獨有缺，人生有損，有情無情，才更顯分明。

天空有明月，地上有暗影，中間有一位詩人，在上下求索。到底他找到甚麼？這一天，皓月剛好在長空當值，身邊剛好有一瓶紅酒，沒人共飲，自然不必買酒杯。扶得東來西又倒，面對傾斜的世態，正正恰好。若這次不好，不妨下次再約。選一個封存的群組，打開話匣子，在月影之下，不見不散。

行樂須及春，上次錯過了，幸好冬天已經來到。來，飲杯！

郎騎竹馬來
繞牀弄青梅

長干行

李白

妾髮初覆額，折花門前劇。
郎騎竹馬來，繞牀弄青梅。
同居長干里，兩小無嫌猜。
十四為君婦，羞顏未嘗開。
低頭向暗壁，千喚不一回。
十五始展眉，願同塵與灰。
常存抱柱信，豈上望夫臺。
十六君遠行，瞿塘灩澦堆。
五月不可觸，猿聲天上哀。
門前遲行跡，一一生綠苔。
苔深不能掃，落葉秋風早。
八月蝴蝶黃，雙飛西園草。
感此傷妾心，坐愁紅顏老。
早晚下三巴，預將書報家。
相迎不道遠，直至長風沙。

因為我們有太多的從前，這才更加害怕，離別會從此佔據將來。人望高處，但高處的你，可曾看見我低頭徘徊？

秋風，落葉，蝴蝶雙飛，像在追逐嬉戲。遙想當年，我們兩小無猜，你拿着竹竿，裝着騎馬而來，還真是英姿颯颯。我害羞躲避，你偏又繞到我面前，逗我開顏。

我想打開風中的儲物櫃，取回那情景，惟盼你健健康康的帶來，那一直繫於你身上的童年密碼。

由來征戰地
不見有人還
志清

五言古詩

關山月

李白

明月出天山，蒼茫雲海間。
長風幾萬里，吹度玉門關。
漢下白登道，胡窺青海灣。
由來征戰地，不見有人還。
戍客望邊色，思歸多苦顏。
高樓當此夜，嘆息未應閒。

化開心中的一團黑影，就是帶着恐懼的思念。想你，在關山月下，雲海蒼茫之間。莫以為我這邊風光無限，除了楊柳岸，曉風殘月，別無其他。

遙遙萬里，唯一能共享的一片月色，何日願照你還？想你，你面對玉門關，我身處雲海間。

絕代有佳人
幽居在空谷
自云良家子
零落依草木

佳人

杜甫

絕代有佳人，幽居在空谷。
自云良家子，零落依草木。
關中昔喪亂，兄弟遭殺戮。
官高何足論，不得收骨肉。
世情惡衰歇，萬事隨轉燭。
夫婿輕薄兒，新人美如玉。
合昏尚知時，鴛鴦不獨宿。
但見新人笑，那聞舊人哭。
在山泉水清，出山泉水濁。
侍婢賣珠回，牽蘿補茅屋。
摘花不插髮，采柏動盈掬。
天寒翠袖薄，日暮倚修竹。

幽谷看她，她就在附近；她看別人，卻像遠隔山河。

也許命運是一張早已寫滿不幸的宣紙，她只能依此直說。時勢艱難不可怕，可怕的是答應共患難的夫君已經判若兩人。能長相廝守的，只餘空谷的回音。

山澗的泉水清可見底，經過天寒與日暮，而那雨的味道，始終沒變。

會當凌绝顶
一覽眾山小

望嶽

杜甫

岱宗夫如何？齊魯青未了。
造化鍾神秀，陰陽割昏曉。
蕩胸生層雲，決眥入歸鳥。
會當凌絕頂，一覽眾山小。

是日天晴，青年杜甫終於如願，他一口氣登上東嶽泰山，只略為調息一下呼吸，便已不覺得是甚麼一回事。他肌肉結實，步履矯健；青春作伴，正應施展抱負。「孔夫子登泰山而小天下，會不會就在我這個位置？」感悟之後，杜甫又享受了一下深呼吸。

山脈結伴，連綿不斷。一層層的白雲由遠而近，如此美景，除了人物，杜甫幾乎忘記了時間地點。

杜甫想：「只要攀到最高峰，我就能目空一切。我伸直雙手，可觸天際；雙臂環抱，可擁深海。」

他志向遠大，就算應試落第，都不曾懷疑自己的能力。有些機會，可一不可再；有些目標，可望不可即。「總之，只要給我發揮空間，誰會甘願委屈身體？」機會掌握在自己手裏，想到這裏，杜甫立即下山，繼續寫求職信。

今夕復何夕
共此燈燭光

贈衛八處士（節錄）

杜甫

人生不相見，動如參與商。
今夕復何夕，共此燈燭光！
少壯能幾時？鬢髮各已蒼！

已經好幾年沒見過爸爸有這樣的笑顏了，看來他和來訪的杜叔叔有深厚的情誼。淡黃的燭光，昏昏然就像朦朧的前塵往事，但他們感動的淚光，仍清晰可見。

「子美兄，多年不見，甚念。我們此番重聚，真是太好了。來，我們飲一杯。」衛八拿起酒杯，斟滿，迅速置於杜甫面前。

「好，飲。衛八兄，上次見面，你仍是單身；今次再遇，子女都長這麼大了，還那麼精乖伶俐，真為你高興。此年頭，不容易啊！」杜甫甚感欣慰。

「子美兄，託賴，家家有本難唸的經。世事如棋，發展往往出人意表。來，敬你一杯。今晚醉與不醉，你都不要歸家了，我這裏有地方。」二人又再碰一碰杯。誰喝得快，誰的酒杯就會更快被斟滿。

慈母手中線
遊子身上衣
臨行密密縫
意恐遲遲歸
誰言寸草心
報得三春暉

遊子吟

孟郊

慈母手中線，遊子身上衣。
臨行密密縫，意恐遲遲歸。
誰言寸草心，報得三春暉。

情到極深，每說不出。幸好還有這首詩，母親節快到了，我也來抄寫這首詩。最好當然是買下此書，然後翻到這一版，敬呈母親大人。

母愛像春天的陽光，像小草的子女從光得到溫暖與養份，年年月月，應該怎樣去回報母親的恩情？情深如海，再大的回報都微不足道。

有一段歲月，青春的校服褲容易磨損，紐扣容易脫落，只有母親的手，一直堅實可靠。母親的頭上有一盞孤燈，燈下是她穿針引線的妙手，才三兩下手勢，校服褲就不怕「爆軚」了，「小子們，明天球場再戰。」

母親頭上的孤燈，比太陽更溫暖。

謹以此畫此詩，向最偉大的母親們致敬！

慈烏失其母啞啞吐哀音

慈烏夜啼

白居易

慈烏失其母，啞啞吐哀音。
晝夜不飛去，經年守故林。
夜夜夜半啼，聞者為沾襟。
聲中如告訴，未盡反哺心。
百鳥豈無母？爾獨哀怨深。
應是母慈重，使爾悲不任。
昔有吳起者，母歿喪不臨。
嗟哉斯徒輩，其心不如禽。
慈烏復慈烏，鳥中之曾參。

「百鳥豈無母？爾獨哀怨深。應是母慈重，使爾悲不任。」

就讀到這裏吧！明天是母親節，我要趕快去買禮物。大的給自己的母親，小的給兒子的母親。

這首詩，烏沉沉，不好。自第一句起，希望完完全全，永永遠遠不適合我。

那甚麼是好？

母親啊，有您真好，有您就甚麼都好。

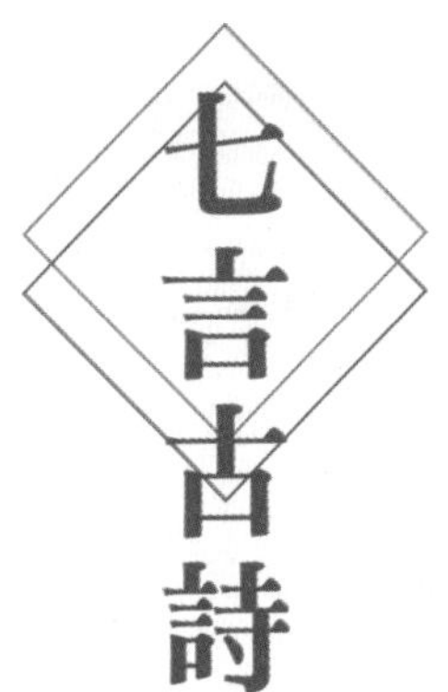

七言古詩

山寺鐘鳴晝已昏
漁梁渡頭爭渡喧

夜歸鹿門歌

孟浩然

山寺鐘鳴晝已昏，漁梁渡頭爭渡喧。
人隨沙岸向江村，余亦乘舟歸鹿門。
鹿門月照開煙樹，忽到龐公棲隱處。
巖扉松徑長寂寥，惟有幽人獨來去。

山上寺廟傳來的鐘聲，像暮色飄來，由遠而近。時間不早，像在催促，又像在叮囑，最後一班開往鹿門的船就要離開了，孟大詩人趕緊跑往渡頭，生怕就此失去夢中的田園。

渡頭人聲鼎沸，一片熱鬧，大概都是回家的人吧。「他們都回家，我算不算？」詩人在盼望中帶着懷疑。

只要到達目的地，找到熟悉的松徑，詩人就可以放下背包，在幽靜中尋回自己。

俱怀逸興壯思飛
欲上青天攬明月

宣州謝脁樓餞別校書叔雲

李白

棄我去者，昨日之日不可留；
亂我心者，今日之日多煩憂。
長風萬里送秋雁，對此可以酣高樓。
蓬萊文章建安骨，中間小謝又清發。
俱懷逸興壯思飛，欲上青天攬明月。
抽刀斷水水更流，舉杯銷愁愁更愁。
人生在世不稱意，明朝散髮弄扁舟。

詩人正與靈感起舞，他感到這是自己最強壯、最快樂的時候。只有在空中飄揚的逸興，才毫無阻隔，既可與明月擁抱，也可與雲彩訴心曲。飛揚，飛揚，沒有雨，沒有悲。

過去已經過去，將來留給將來，此刻，且讓才華盡展，揮別愁緒。明天的俗務，明朝再約吧。

君不见黄河之水天上来

將進酒（節錄）

李白

君不見黃河之水天上來，奔流到海不復回。
君不見高堂明鏡悲白髮，朝如青絲暮成雪。
人生得意須盡歡，莫使金樽空對月。
天生我材必有用，千金散盡還復來。
烹羊宰牛且為樂，會須一飲三百杯。

嘩啦嘩啦，黃河之水像從天上的賽道奔流下來，擋也擋不住。倘身處其中，不論穿雨衣，或打一把大傘子，結果都不會有分別。

若一定要找分別，則分別在到底是瀟灑走一回還是狼狽躲一回。

時間不同意，它靜靜地看着激流，看着人來人往，穿過像穿梭。你載浮載沉，他載欣載奔，無論甚麼步姿，只要地球一搖，最後還是沒有分別。

我也不同意。晦明自有變化，用甚麼方式去面對，看似無別，其實不然。分別在及時與否。河水嘩啦嘩啦，已經是明示，君不見，但君可聽。

噫、吁、嚱、危乎高哉、
蜀道之難〻於上青天

蜀道難（節錄）

李白

噫吁嚱，危乎高哉！蜀道之難難於上青天！
蠶叢及魚鳧，開國何茫然！
爾來四萬八千歲，不與秦塞通人煙。
西當太白有鳥道，可以橫絕峨眉巔。
地崩山摧壯士死，然後天梯石棧相鉤連。

從這裏到那裏，眼看就這麼近。詩人走了一會兒，便發覺棧道三步一折，要往目的地，難如登天。即使是詩仙，面對眼前境況，也只能空滴汗，想不到任何計策。

若再多走十分鐘，恐怕飛行服務隊都找不到他。「還未起程的朋友，就不要來了。」詩人氣喘吁吁地說。

我欲因之夢吳越
一夜飛度鏡湖月

夢遊天姥吟留別（節錄）

李白

我欲因之夢吳越，一夜飛度鏡湖月。
湖月照我影，送我至剡溪。
謝公宿處今尚在，綠水蕩漾清猿啼。
腳着謝公屐，身登青雲梯。
半壁見海日，空中聞天雞。
千巖萬轉路不定，迷花倚石忽已暝。
熊咆龍吟殷巖泉，慄深林兮驚層巔。
雲青青兮欲雨，水澹澹兮生煙。
列缺霹靂，丘巒崩摧。
洞天石扉，訇然中開。
青冥浩蕩不見底，日月照耀金銀台。
霓為衣兮風為馬，雲之君兮紛紛而來下。
虎鼓瑟兮鸞回車，仙之人兮列如麻。
忽魂悸以魄動，怳驚起而長嗟。
惟覺時之枕席，失向來之煙霞。

若夢寐可求，你會求甚麼？

昨夜的夢，栩栩如真，是夢遊還是漫遊仙境？我只肯定，今天起得特別早。恍恍惚惚，像宿醉初醒，飄飄如晨曦映照的微塵，一粒，不群，但有自己的方向。

大地在我頭頂盤旋，湖海流過我心胸，山嶺綿綿，像長長的睡枕。過了一萬日，經歷了一萬件事，我仍然不知道，甚麼是夢？怎樣才算真？

萬事萬物，打了幾萬個觔斗，從頭到尾，都是過眼雲煙。有人說，往事並不如煙。古人說，哈哈，騙人的！

夢非夢，真亦非真？看來要到恍如隔世，才能恍然大悟。

「我要退還這個真皮公事包，換一杯酒」，詩仙說。

丹青不知老將至富貴於我如浮雲
志清

丹青引贈曹將軍霸（節錄）

杜甫

將軍魏武之子孫，於今為庶為清門。
英雄割據雖已矣，文采風流今尚存。
學書初學衛夫人，但恨無過王右軍。
丹青不知老將至，富貴於我如浮雲。

「命運起伏，不過像雲捲雲舒。富貴已非吾願，我的一切，盡在畫意中。」說的是曹霸將軍，他的雙眼閃出了靈光，如獲滋潤。

他畫馬時揮灑自如，一切皆在掌握之中。時、地、人、白絹、畫筆、彩墨、情感，以至情感的對象，聯袂而來，恰好在最適當的位置。

詩人與畫家，難得知遇，他送他一首詩，他送他一幅畫。

世事茫茫，他寫他的詩，他畫他的畫。歲月悠悠，都會過去，只有文藝，才永遠栩栩如生。

志士幽人莫怨嗟
古來材大難為用

古柏行

杜甫

孔明廟前有老柏，柯如青銅根如石。
霜皮溜雨四十圍，黛色參天二千尺。
君臣已與時際會，樹木猶為人愛惜。
雲來氣接巫峽長，月出寒通雪山白。
憶昨路繞錦亭東，先主武侯同閟宮。
崔嵬枝幹郊原古，窈窕丹青戶牖空。
落落盤踞雖得地，冥冥孤高多烈風。
扶持自是神明力，正直原因造化功。
大廈如傾要梁棟，萬牛回首丘山重。
不露文章世已驚，未辭翦伐誰能送。
苦心豈免容螻蟻，香葉終經宿鸞鳳。
志士幽人莫怨嗟：古來材大難為用。

雄偉正直的柏樹，只要張開手臂，就可將數十人一抱入懷；只要挺直樹軀，幾可摘下星辰。巨木森森，上承雲氣，盤根地上，與時際會，正好在孔明廟前。

「我想不到還有甚麼地方更適合這古柏了！」杜甫心裏讚嘆。

「至於我，又應該往哪裏找真正屬於我的位置？」杜甫默然。

此時，雨隨樹紋而下，若有所思。

車轔轔馬蕭蕭行人弓箭各在腰耶孃妻子走相送
塵埃不見咸陽橋

兵車行（節錄）

杜甫

車轔轔，馬蕭蕭，行人弓箭各在腰。
耶孃妻子走相送，塵埃不見咸陽橋。
牽衣頓足攔道哭，哭聲直上干雲霄。

至親被徵召上戰場。馬鳴蕭蕭，哭聲滿佈雲霄。

「不要走，求求你們，不要帶走他……」

他本來有兄弟，如足如手；他現在有妻，如賓如友；他仍有高堂，未能奉養。說一句來日再聚，談何容易？一定在青海頭，白骨露於野，這堆是誰家的老人和兒子？如果早知如此，誰還會歡歡喜喜生兒子？

她頓足，用全身的力氣，緊扯他的衣袖，就此又被拖行了一段。

直至揚起的塵埃也奄奄一息。

安得廣廈千萬間
大庇天下寒士俱歡顏
風雨不動安如山

茅屋為秋風所破歌（節錄）

杜甫

南村群童欺我老無力，忍能對面為盜賊，
公然抱茅入竹去。
脣焦口燥呼不得，歸來倚杖自嘆息。
俄頃風定雲墨色，秋天漠漠向昏黑。
布衾多年冷似鐵，嬌兒惡臥踏裏裂。
牀頭屋漏無乾處，雨腳如麻未斷絕。
自經喪亂少睡眠，長夜沾濕何由徹？
安得廣廈千萬間，大庇天下寒士俱歡顏，
風雨不動安如山！
嗚呼！何時眼前突兀見此屋，
吾廬獨破受凍死亦足！

這樣的日子，未及提防，已經來到。如果社工帶一位中醫來家訪杜甫，他的病歷應該像長篇小說，註明起因經過及結果。不用問，劇情早就透露了結局。杜甫微微一笑。「這我都知道了。現在嘛，生活的理想，就是只有生和活。」

「阿伯，追我啊！追我啊！」頑童的欺侮聲如耳鳴伴隨，喘氣吁吁的詩人低頭輕嘆，那些策馬揚鞭的日子早就換了柴米油鹽，還要一瓶難求。

連連夜雨，以前他寫輕敲我窗，聽聽冷雨，現在卻寫鑿穿屋牆，一夜難眠。「有很多人，與我同一屋簷，兼同樣漏水，他們能去哪裏避雨避寒？如果簡易公屋能更簡易、更快起好就好了，到時我們一起去住，樂享晚年。」

想到這裏，一顆豆大的雨水又滴在詩人的前額。

翻手化雲覆手雨
紛々輕薄何須數
彈弓手!!

貧交行

杜甫

翻手作雲覆手雨，紛紛輕薄何須數。
君不見管鮑貧時交，此道今人棄如土。

常言道，一言難盡。但清代浦起龍《讀杜心解》卻說此詩「只起一語，盡千古世態」，聚時如雲，散時如雨，莫不如此。本來我是認同的，但因為曾經有你，《讀杜心解》就變成欲盡難盡。

既有相識於微時的溫暖，世態就不盡是炎涼。

「身光頸靚，發達了？」

「不是不是，和你猜皇帝嘛，我一向扮皇帝。」

二人握拳於胸前，未出之前，兩腳先用力踏地，圖壯聲威。

「好！一二三，一二三，哈哈，幾十年沒變，你沒贏過。」

「唉，幾十年沒變，你仍是彈弓手！」

然後，你離開了，那個圍繞我的世態，要不是多雲，就是有雨。

三月三日天氣新
長安水邊多麗人

麗人行

杜甫

三月三日天氣新，長安水邊多麗人。
態濃意遠淑且真，肌理細膩骨肉勻。
繡羅衣裳照暮春，蹙金孔雀銀麒麟。
頭上何所有？翠微盍葉垂鬢脣。
背後何所見？珠壓腰衱穩稱身。
就中雲幕椒房親，賜名大國虢與秦。
紫駝之峰出翠釜，水精之盤行素鱗。
犀箸厭飫久未下，鸞刀縷切空紛綸。
黃門飛鞚不動塵，御廚絡繹送八珍。
簫鼓哀吟感鬼神，賓從雜遝實要津。
後來鞍馬何逡巡，當軒下馬入錦茵。
楊花雪落覆白蘋，青鳥飛去銜紅巾。
炙手可熱勢絕倫，慎莫近前丞相嗔。

「子美兄，怎麼你還在寫詩？曲江水邊多美女，快停筆，我和你一起去見識一下。」詩友站在杜甫身旁，準備同行。

「我剛才看過了，沒有甚麼特別，只見濃妝艷抹。」杜甫的反應，遠沒預期熱烈。

「但你這兩句明明寫甚麼『態濃意遠淑且真，肌理細膩骨肉勻』。看得很仔細呢！」詩友提出質疑。

「兄說的不是詩旨，千萬要看到最後一句：『慎莫近前丞相嗔』。美人是別人的美人啊！」杜甫強調。

「子美兄真是用心良苦，多謝忠告，我還是不去了。」詩友轉身回家。

以上為設計對白，如有雷同，純屬巧合。

昔有佳人公孫氏
一舞劍器動四方
觀者如山色沮喪
天地為之久低昂

觀公孫大娘弟子舞劍器行（節錄）

杜甫

昔有佳人公孫氏，一舞劍器動四方。
觀者如山色沮喪，天地為之久低昂。
霍如羿射九日落，矯如群帝驂龍翔。
來如雷霆收震怒，罷如江海凝清光。
絳脣珠袖兩寂寞，晚有弟子傳芬芳。
臨潁美人在白帝，妙舞此曲神揚揚。
與余問答既有以，感時撫事增惋傷。
先帝侍女八千人，公孫劍器初第一。
五十年間似反掌，風塵澒洞昏王室。
梨園弟子散如煙，女樂餘姿映寒日。

城中有盛事。公孫大娘正準備表演劍器舞，觀眾立即向前移了幾步，最後給主角留了一個圈，才幾歲大的杜甫亦身處其中。快要開始了，眾人都屏息以待。為保安全，杜甫與幾個人又後移了幾步。

公孫大娘腳步剛健，劍風颯颯，眾人讚嘆不已，杜甫亦一看難忘。

轉眼過了五十多年，老年杜甫看到眼前舞劍的李十二娘，竟感到似曾相識。「她就是公孫大娘的弟子」，一位老者說。

「難怪」，杜甫心想。「大師雖已歿，弟子傳其情。薪火相傳，可擋歲月無情！」

輪臺東門送君去去时雪滿天山路山迴路轉不見君雪上空留馬行處

白雪歌送武判官歸京

岑參

北風捲地白草折，胡天八月即飛雪。
忽如一夜春風來，千樹萬樹梨花開。
散入珠簾濕羅幕，狐裘不暖錦衾薄。
將軍角弓不得控，都護鐵衣冷難着。
瀚海闌干百丈冰，愁雲慘淡萬里凝。
中軍置酒飲歸客，胡琴琵琶與羌笛。
紛紛暮雪下轅門，風掣紅旗凍不翻。
輪臺東門送君去，去時雪滿天山路。
山迴路轉不見君，雪上空留馬行處。

送別大丈夫，好應該來一場大風雪。

塞外，雪在北風鼓勵之下，漫天飛舞，到累了的時候，則下與人膝齊。

蒼山負雪，像一夜白髮，壯懷蓋過憂戚。萬里雪飄，千樹萬樹都像開滿了雪梨花。以雪的裝束，以雪的姿態，以如此雪景，與君惜別，沒有遺憾，有的，都變成更鮮明的色彩。

多留戀一會兒，喝一杯北方暖酒，聽一曲羌笛胡琴。不必傷感，約定來日再聚之時，不妨換另一個場景：春暖花開。

山路曲滑，務請小心。我佇立雪中，看到馬蹄留下的印跡，要一段時間才懂得，你已經離開，我應該回去。

謹此遙送武判官歸京。

石鱼湖
似洞庭
夏水欲满
君山青

石魚湖上醉歌

元結

石魚湖，似洞庭，夏水欲滿君山青。
山為樽，水為沼，酒徒歷歷坐洲島。
長風連日作大浪，不能廢人運酒舫。
我持長瓢坐巴丘，酌飲四坐以散愁。

元結常常帶酒到石魚湖，一邊觀賞美景，一邊自求一醉，或半醉。

君山一片翠綠，弧狀的山谷像酒杯，湖水是美酒。風景如畫，酒意也從後追趕，差不多了，當湖酒徐徐流到山谷口，大自然隨即一飲而盡。大自然不會醉，酒也永遠喝不完。

獨樂不如眾樂，元結同時拿起手上的酒杯，右手一揮，作了個酒揖，說：「我要唱一首醉歌，不是醉愁，是醉歌。你的酒杯乾了？快拿給我。」

「這壺酒像石雨湖，飲之不竭。行樂要及時，我明天不用上班，就是湖主和酒莊主人。」

「每次飲一杯好了，不過可以飲無限次。」

風大浪大，元結醉了，幾個友人傾盡全力，扶他歸去。

絃〻掩抑聲〻思
似訴平生不得志

琵琶行（節錄）

白居易

轉軸撥絃三兩聲，未成曲調先有情。
絃絃掩抑聲聲思，似訴平生不得志。
低眉信手續續彈，說盡心中無限事。
輕攏慢撚抹復挑，初為霓裳後六么。
大絃嘈嘈如急雨，小絃切切如私語。
嘈嘈切切錯雜彈，大珠小珠落玉盤。
間關鶯語花底滑，幽咽泉流水下灘。
水泉冷澀絃凝絕，凝絕不通聲漸歇。
別有幽愁暗恨生，此時無聲勝有聲。
銀瓶乍破水漿迸，鐵騎突出刀槍鳴。
曲終收撥當心畫，四絃一聲如裂帛。
東船西舫悄無言，唯見江心秋月白。

同是天涯淪落人。

有一天，被貶官的白居易於潯陽江頭送別朋友，遇到一位琵琶歌女。只是偶遇，談不上艷遇。

樂曲開始，旋律與歌女的身世連在一起，彷彿在訴說一段不得志的故事。時而沉重，時而清脆。白居易沉思曲意，想到當下境況，不禁有所感觸。

與一般的懷才不遇不同，這一次，是懷才俱遇。此時此刻，兩個人，不必再多卻絕不能更少。失意加失意，可以理解為共鳴或同情，最後的答案是，快意。

昔日繁華，如夢一場，如今偏遠，難得相逢，且讓心曲盡訴，同聲感嘆。「請您為我多彈一曲，可以嗎？」秋月當空，歌女清楚看到白居易的淚光。

相逢何必曾相識。

烟銷日出不見人
欸乃一聲山水綠

漁翁

柳宗元

漁翁夜傍西巖宿，曉汲清湘燃楚竹。
煙銷日出不見人，欸乃一聲山水綠。
回看天際下中流，巖上無心雲相逐。

始得西山，從此遨遊。漁翁駕一葉扁舟，放乎中流，悠悠乎與顥氣俱，洋洋乎與造物者遊。舟槳一搖，欸乃一聲，那是水的驚嘆，此刻風景最綠。

漁翁此行不孤，天地正夾道歡迎。雲本無心，趣在其中，真是一片「趣」綠。

當流赤足踏澗石
水聲激激風生衣
人生如此自可樂
豈必侷促為人鞿
子愷

山石

韓愈

山石犖确行徑微，黃昏到寺蝙蝠飛。
升堂坐階新雨足，芭蕉葉大梔子肥。
僧言古壁佛畫好，以火來照所見稀。
鋪床拂席置羹飯，疏糲亦足飽我飢。
夜深靜臥百蟲絕，清月出嶺光入扉。
天明獨去無道路，出入高下窮煙霏。
山紅澗碧紛爛漫，時見松櫪皆十圍。
當流赤足踏澗石，水聲激激風生衣。
人生如此自可樂，豈必局促為人鞿。
嗟哉吾黨二三子，安得至老不更歸。

往日崎嶇，今亦不平。黃昏才趕到佛寺，天明又得獨自起程。一路走來，早上、午間、黃昏、晚上，或明或暗，時晴時雨。

山石嶙峋，如不按規矩排出的棋陣，不借此踏過，更待何時？詩人像回到孩子的時候，當即脫下草鞋，順流踏着石子，半跑半跳地邁向前方。一步一腳印，他欣然地印下到此一遊。

五言律詩

海內存知己
天涯若比鄰

送杜少府之任蜀州

王勃

城闕輔三秦，風煙望五津。
與君離別意，同是宦遊人。
海內存知己，天涯若比鄰。
無為在歧路，兒女共沾巾。

「嗨，杜兄，前方就是你要上任的地方，多多保重，保持聯絡。」在二人揮手作別的大岔口，詩人渾厚的聲音越過空谷，傳到好友的耳中。

「王兄，多謝相送，時候不早了，快快請回，保持聯絡。」杜縣令轉了新職，戰戰兢兢，幸得詩人鼓勵，像傳來了一股勇氣。

一片風煙迷茫，但誰都沒打算首先轉身離開。

「此生真不賴！有幸遇到志同道合的朋友，即使遠在天涯，也如近在身邊。」二人都這樣想，便又再向對方擺一擺手。

坐觀垂釣者 徒有羨魚情

志清

望洞庭湖贈張丞相

孟浩然

八月湖水平，涵虛混太清。
氣蒸雲夢澤，波撼岳陽城。
欲濟無舟楫，端居恥聖明。
坐觀垂釣者，徒有羨魚情。

來到八月，洞庭湖廣納百川，氣色飽滿，像銀莊的存款。看水天相接處，巨木參天，假使下雨，雨水也可能是綠色的。湖光山色，同得滋潤，相得益彰。

當岳陽樓遇上洞庭湖，可稱絕配，就像才子與佳人。美不勝收，如人間仙境，雖盡力形容，仍然難以形容。

「別人有的叫閒情逸致，我有的叫無所事事。」風流天下聞的孟夫子忽有所感。他坐在石灘頭，每當看到釣者有所得，他就若有所失。沒有俸祿的日子，能算假期嗎？

實在不能再這樣下去了，他決定遙遙告知張九齡丞相大人，此間尚有賢人，在哪？在此。

故人具雞黍
邀我至田家
綠樹村
邊合
青山
郭外
斜
開軒面
場圃
把酒話桑麻

過故人莊

孟浩然

故人具雞黍，邀我至田家。
綠樹村邊合，青山郭外斜。
開軒面場圃，把酒話桑麻。
待到重陽日，還來就菊花。

歸隱田園之後，孟夫子本來以為孤獨會是他的終身伴侶。今天卻有點不同，因為他將應邀造訪很久沒見的老朋友。

「只要老友發出邀請，我必翩然而至。」孟詩人詩風清淡，卻又特別重情。據說每一次相遇，都像久別重逢，讓人在期待中感到無比愉快。快要到達了，但見綠樹環繞，群山蒼翠，此情此景，配上知己，自然天成，真是富足的一天。

「寒舍雖寒，但孟兄的到來，讓一室充滿暖意。」老友說。

「老友，別客氣，這裏有餚、有酒、有人情，窗外美景當前，沒有比這更快意的了。恕我老實不客氣，重陽佳節，我一定還會來的。」聚會未散，孟詩人已在期待下一次。

「一言為定，來，我們飲一杯。」兩個人的酒杯，轉眼斟了一杯又一杯。

明月松間照清泉石上流

山居秋暝

王維

空山新雨後，天氣晚來秋。
明月松間照，清泉石上流。
竹喧歸浣女，蓮動下漁舟。
隨意春芳歇，王孫自可留。

秋暮山居，以為只有自己一個？當然不是。竹林深處，其實有人。只要願意多走一步，就能看見，而閒適不減。

剛剛下了一場雨，不是黃紅黑，是淡淡的，輕輕的，像月下散步。泉水與雨水互相交流。晶瑩剔透的小圈圈點石無聲，像一個個小水枕靜靜地躺着，等待良夜。像這樣的一個黃昏，沒有人會提起污染指數，更不需要電子產品。

「我想為這裏寫一首詩，題目是孤松與我。」中年王維意有所獲，決定在這裏留下來。

大漠孤煙直

志清

使至塞上

王維

單車欲問邊，屬國過居延。
征蓬出漢塞，歸雁入胡天。
大漠孤煙直，長河落日圓。
蕭關逢候騎，都護在燕然。

風箏遇上風，飄泊無定向。一縷孤煙，溜走容易，敢問如何能直？尤其在塞外！學生問。

奉命到邊疆探訪戰士的王維擦擦眼睛，再次強調：「明明有。看，堅持孤高，自能挺拔，扶搖直上，甚至可達九萬里呢！可我說的不是職位，是氣魄，氣聚可成。看，的確可以。塞外風光無限，草木無人打理，卻更加蔚然深秀。抱歉，歸雁正提示我回去，我們詩中再會。」

學生仍想追問下去，王維老師卻一溜煙走了，學生心想：「這也是大漠孤煙直吧！」

山中一夜雨樹杪百重泉

送梓州李使君

王　維

萬壑樹參天，千山響杜鵑。
山中一夜雨，樹杪百重泉。
漢女輸橦布，巴人訟芋田。
文翁翻教授，不敢倚先賢。

梓州一帶盡是參天巨樹，連夜有雨，淅淅瀝瀝，像訴說一段歷險的故事。大大小小的掛泉斜倚樹杪，有時輕輕點頭，有時皺皺眉頭，作曲的是大自然，填詞的是杜鵑。

只要東邊日出，就要準備告別雨點，詩人卻盼望多留一會。只要給他一把傘，他就不怕多下幾場雨。

欲投人處宿隔水問樵夫

終南山

王維

太乙近天都，連山接海隅。
白雲回望合，青靄入看無。
分野中峰變，陰晴眾壑殊。
欲投人處宿，隔水問樵夫。

終南山就在不遠處，高聳入雲，山嶺綿綿，雲海茫茫，一看就叫人不敢欺負。由此登山。詩人作了一下深呼吸，徐徐踏上崎嶇的山路。路只有一條，餘下的選擇，是稍停還是繼續。

詩人選擇繼續，以自己認為適合的速度，直至身在山中。登高最宜舒嘯，對清流則最宜賦詩，移步換景，各得其所。

詩人端直身軀，昂首挺胸，雙臂張開如「一」，像在告訴畏高者，看，只要更上一重山，四周的美景，就能一抱入懷。

能盡攬一切的，原來是晚霞。「老兄，請問山中可有借宿之處？」剛好遇一樵夫，拱着柴枝，載欣載奔。「來我家吧，我在這邊等你一起走。」詩人大受感動：「此山有你，更美！」

坐看雲起时

終南別業

王維

中歲頗好道，晚家南山陲。
興來每獨往，勝事空自知。
行到水窮處，坐看雲起時。
偶然值林叟，談笑無還期。

有人喜歡觀浪，有人喜歡賞花，詩人卻喜歡坐看雲起。其實也談不上喜歡不喜歡，隨緣隨遇就好。

不必相約，也就沒有恨早或恨晚。我且寫意獨行，不要送也不必接，乘興出發，興盡而歸。倘中途無路，若有所失，我便索性坐下來，欣賞雲霧升沉。

沒有遊思妄念，只有雲起雲落。只要時間不來看管，萬物都有生命。

泉聲咽危石
日色冷青松

過香積寺

王維

不知香積寺，數里入雲峰。
古木無人徑，深山何處鐘。
泉聲咽危石，日色冷青松。
薄暮空潭曲，安禪制毒龍。

古木參天，鳥兒在枝頭鳴叫，但不知確實位置。據說香積寺也在不遠之處，那是這幽山中最幽深的地方。

日光偶然穿過松林排列的樹牆，灑到嶙峋的石陣，泉水幽幽地流進流出。倘無人經過，這裏的聲色都會安於原位，靜待流光，然後互相輝映。

已經近黃昏了，詩人，要找的地方都已經找得到？若找不到，那就不必刻意了，說不定就是此時此地，此身此心。

「叮」，「叮」，聽，既在附近，即是當下。當寺鐘一敲，萬有都回到原來的位置。詩人慢慢地打開心門，香積寺分明就在眼前。

君問窮通理
漁歌入浦深
志清

酬張少府

王維

晚年唯好靜，萬事不關心。
自顧無長策，空知返舊林。
松風吹解帶，山月照彈琴。
君問窮通理，漁歌入浦深。

答張少府。先生問我近況，還過得去吧。山月朗照，我彈琴自樂；松風輕吹，我解衣乘涼。人在漁舟，則曲肱而枕，徐徐入夢，自然就醒。沒有上司沒有下屬，不是醉生不想夢死，開心不開心，關心不關心，似乎都不在心頭。

良方、妙計、本領、文件、檔案，都帶不進山林。我甚至發現，最大的本領就是無須去想有甚麼本領。感謝您過去的提攜。我和我的漁舟漸漸接近山林了，逝者如斯，未來卻正在足下。

日子怎樣可以過得更好？這條問題就更難答了。水浦深處，亦是漁歌最響亮之處。漁舟唱晚，晚年好聲音，您聽到的。

清川帶長薄
車馬去閒々
志清

歸嵩山作

王維

清川帶長薄，車馬去閒閒。
流水如有意，暮禽相與還。
荒城臨古渡，落日滿秋山。
迢遞嵩高下，歸來且閉關。

依次與相識的草木、河流道別之後，詩人便要往山中歸去，依靠車馬，然後從此謝絕。

流水淙淙，像憐惜不捨的眼神；待過了古渡，綠意漸薄，迎接的，已是黃昏山中的禽鳥。歸去，也是歸來，到把門關了，隔了視野，才迎來境界。

回看射鵰處
千里暮雲平

五言律詩

觀獵

王維

風勁角弓鳴，將軍獵渭城。
草枯鷹眼疾，雪盡馬蹄輕。
忽過新豐市，還歸細柳營。
回看射鵰處，千里暮雲平。

「嗖！」

箭射出後，青年將軍微微右移一步，似乎這是欣賞自己箭藝的最佳角度。

「你看到那支箭嗎？」青年將軍問隨從。

「很奇怪，我看不到箭影，飛到那麼遠，甚至也看不到拋物線，可見將軍力度之強。」隨從說。

「不奇怪，我表現正常的話，一向如此。你去遠處撿回獵物吧！」青年將軍補充道。

旁邊有一匹英偉不凡的獵騎，聽到二人的對話，好像也習以為常，沒有任何補充。

營地風大，回看射鵰處，空氣已經凝聚，成為傲氣。

「青年將軍真有氣概，有點像我，我要把他寫下來。」看在眼裏的青年王維開始動筆。

明朝掛帆去
枫葉落纷纷
志清

夜泊牛渚懷古

李白

牛渚西江夜，青天無片雲。
登舟望秋月，空憶謝將軍。
余亦能高詠，斯人不可聞。
明朝掛帆去，楓葉落紛紛。

明天早上，李白就要揚帆遠行，辭別牛渚。岸邊的楓葉卻恰恰在此際紛紛墜落，詩人與落葉，是相逢恨晚，還是不遲也不早？

詩人站在船頭，仰望秋月，萬里無雲，連帶這一片寧靜，都是圓滿的。他興之所至，為大自然高唱一首讚頌之歌，但誰又能聽得到、聽得懂？

曾經來過，正像一地的枯葉曾經繁榮，在等待知音，不失不忘。

浮雲游子意
落日故人情

送友人

李白

青山橫北郭，白水繞東城。
此地一為別，孤蓬萬里征。
浮雲遊子意，落日故人情。
揮手自茲去，蕭蕭班馬鳴。

馬鳴蕭蕭。兩匹馬兒知道將要辭行，各自挺起腰腹，小腿輕揚然後又放下，似乎急着要離開。然而騎在馬背上的兩個人，卻一直離不開。

「送君千里，終須一別，兄務必多加珍重！」這句話說了第二次，手又再握了一下。直到風催蓬草，遊子才知道方向，他揮一揮手，在送別的畫面中完成最後的一筆。

青翠的山巒橫亙城北，遠處的白水繞向城東，天上的浮雲像遊子飄飛，夕陽徐徐落下，離別的人漸漸遠去，直至渺渺茫茫。想起舊日情懷，對照此刻送別的情景交融，無法少一筆，也不必多一筆。

送別，無論送君多遠，終須道別。我沒說的是，其後我亦就此打住，不想向前，不想回去，只想站在原地，在失去你的地方，多想你一會兒。

紅顏棄軒冕
白首臥松雲

贈孟浩然

李白

吾愛孟夫子，風流天下聞。
紅顏棄軒冕，白首臥松雲。
醉月頻中聖，迷花不事君。
高山安可仰，徒此揖清芬。

如果我是孟浩然，我會怎樣回李白的《贈孟浩然》？

老弟，上次我歸隱南山，你送我一首詩，予我極高評價，實在深感榮幸。多得你的筆力，這首詩得以流傳下去，為讀者所喜愛，可說是我們友誼的最佳見證。

你為我的懷才不遇感到惋惜，令我非常感動。希望你不要太在意我的遭遇，能得知己如你，足可蓋過一切的忽視與誤解。

歸隱不仕，與高松為伴，靜觀雲動，閒看人忙，都是個人的選擇，不敢妄稱風流人物。我們志趣相投，你對我的欣賞大概是出於共鳴吧！我比你大十二歲，相信你漸漸會更明白我的選擇。

我叫浩然，如另一位孟夫子（孟子）所言，「我知言，我善養浩然之氣。」請不必為我擔心，我熱愛人生，不自高，也不自卑，自給自足，當下即是。老弟亦宜多加保重，有空時來我家聚一聚，飲一杯。

為我一揮手
如聽萬壑松
志清

聽蜀僧濬彈琴

李白

蜀僧抱綠綺，西下峨眉峰。
為我一揮手，如聽萬壑松。
客心洗流水，餘響入霜鐘。
不覺碧山暮，秋雲暗幾重？

從四川峨眉山來的高僧揮手彈琴，同樣出自四川的詩人李白聞聲移情。在悠揚的琴音中，詩人聯想萬千，過去、現在、將來；故鄉、異地，於高山流水中，是否因為走得太遠而不值一顧？

空谷回音裊裊，不絕如縷，是天籟，彷彿萬松正對着天地訴說初衷。秋深、黃昏、微冷，一顆凡心，如獲清泉流過，正好與高雅脫俗的琴音握手問好。所謂歲月靜好，或者就是，靜靜地向過去的自己問好？

知音若此，即使日暮途遠、秋雲霧重，也沒有甚麼可懼怕的了。

清晨入古寺
初日照高林

題破山寺後禪院

常建

清晨入古寺，初日照高林。
曲徑通幽處，禪房花木深。
山光悅鳥性，潭影空人心。
萬籟此俱寂，但餘鐘磬音。

清晨時分，光影無所爭。詩人沿着山路，穿過竹徑，好不容易尋得古寺，找到禪院，彷彿一切都回到天地初設的位置，原來的顏色也失而復得。剛才，山花笑得燦爛，但在詩人的心中，已是悠然一片。

他知道自己要走的方向，也肯定沒有迷路。一切都是靜靜的，細聽一下，其實不然。禪院鐘聲，似有若無，像撫慰心靈，並告訴詩人：你雖辛苦，但此行不枉。

他再次靜下心來，環視四周，看似空空如也，其實相當圓滿。

香霧雲鬟濕清輝玉臂寒

五言律詩

月夜

杜甫

今夜鄜州月，閨中只獨看。
遙憐小兒女，未解憶長安。
香霧雲鬟濕，清輝玉臂寒。
何時倚虛幌，雙照淚痕乾。

月亮很圓，尤其像今晚，最引思念。

「爸爸，您在掛念我，我當然知道。」

「夫君，你在想我，我當然也能感受。」

您在長安，一切安好？您為家庭付出很多，我們都知道。爸爸您才華橫溢，重情重義，能做您的兒女，我十分幸福。

你在長安，務必好好照顧自己。你處處為我們着想，排除萬難，我們都知道。今生今世，有你為夫，是我最大的福氣。像你愛惜我們一樣，我們都愛惜你。

明月當空，不管是長安月還是鄜州月，只要我們平安共聚，人間已是圓滿。珍重為盼，即此，勿念。

露從今夜白月是故鄉明
志清

月夜憶舍弟

杜甫

戍鼓斷人行，邊秋一雁聲。
露從今夜白，月是故鄉明。
有弟皆分散，無家問死生。
寄書長不達，況乃未休兵。

若未能相見，處處都是異鄉。「異鄉的月，朦朧沉鬱，沒有人會為我撥開雲霧；故鄉的月，明亮如鏡，鏡中還能包括我的弟弟，他們多帥氣啊！」想起兩位弟弟亦已散居不同地方，詩人不禁悽然，在月下站立良久，彷彿在等待提示。

有聲音，但不是提示，尤其像這樣的時局。戰鼓隆隆，歸雁心驚，一封封家書，越不過高山越不過谷。收到或收不到，已讀不回或已回，只有月兒知道。月冷冷地說：「一切照舊。」

人生若如初見，當然好；之後若能想見就見，就更好。愛情如是，親情應亦如是。詩人繼續站着，並在月前許下一個願望。

江村獨歸處
寂寞養殘生

奉濟驛重送嚴公四韻

杜甫

遠送從此別，青山空復情。
幾時杯重把？昨夜月同行。
列郡謳歌惜，三朝出入榮。
江村獨歸處，寂寞養殘生。

好友來訪，是這裏年來最熱鬧的一天。迎接與送別，是同樣的路，曲曲彎彎。好友朝氣勃勃，昂然踏上青雲路。「我和這裏的一切，都會等你再來，共飲一杯，路上珍重。」詩人說。

然後他返回自己的草屋，彷彿一直沒離開過，孤獨，但有一種說不出的熟悉的自在。至於未來，已經準備就緒。

潤物細無聲

五言律詩

春夜喜雨

杜甫

好雨知時節，當春乃發生。
隨風潛入夜，潤物細無聲。
野徑雲俱黑，江船火獨明。
曉看紅溼處，花重錦官城。

雨本多愁，但也有恰好的時候。春雨踏着碎步，適時而來，並以自己的飄泊和墜落，滋潤山花和田野，讓小草更有春草味，讓水陸草木之花，更添可愛。

春夜風雨聲，絲絲點點，花落無多少！像天地用慈悲的手掌，輕撫每一處貧瘠，完成使命後，責任就交給驕陽，自己則悄悄地揚長而去。

「不必言謝，一切在心可矣。」果然是一場好雨，知道甚麼時候來，也懂得如何離開。

白頭搔更短
渾欲不勝簪

五言律詩

春望

杜甫

國破山河在，城春草木深。
感時花濺淚，恨別鳥驚心。
烽火連三月，家書抵萬金。
白頭搔更短，渾欲不勝簪。

白髮蒼蒼，顧影自憐，若仍有髮可恃，尚能自幸。走到今天，枯木已經告別春天，詩人滿腔愁緒，稀疏的白髮苦苦掙扎，越搔越少，簪子早就用不着，要找一處立足點，談何容易？

時局艱難，春花已失去了笑容，遊子知道從哪裏來，卻不知道將往哪裏去，直至收到一封家書，遠方的一聲平安，又再讓飄泊的人更懂得珍重。

飄〻何所似天地一沙鷗

旅夜書懷

杜甫

細草微風岸，危檣獨夜舟。
星垂平野闊，月湧大江流。
名豈文章著，官應老病休。
飄飄何所似？天地一沙鷗。

旅夜書懷，這個題目夠浪漫，可惜只是詩及人生的上半場，我要說的主旨，其實在下半場。

我五十多歲了，飄泊大半生，沿途確有美景。平野遼闊，月光流灑，星垂天際，江水淙淙，微風拂臉。但，像我這樣的一位多病的老者，天地再闊，我也不過是一隻微不足道、無依無靠的沙鷗。沒想到，我的遭遇會成為你眼前的美景。

我決定退休了，名義上是提早，心態上卻已經推遲。只有揮之不去的沉重，偏偏不遲不早。

鳥宿池邊樹
僧敲月下门

題李凝幽居

賈島

閒居少鄰並，草徑入荒園。
鳥宿池邊樹，僧敲月下門。
過橋分野色，移石動雲根。
暫去還來此，幽期不負言。

咯咯，咯咯，詩僧賈島在好友李凝的門前站了一會兒，幾聲輕敲，即已驚動池邊樹上的鳥兒。鳥聲吱吱，似是對咯咯的回應，又像在告訴訪者，既到此幽居之境，不要只聞花香，請務必兼顧鳥語。

「打擾你們，實在抱歉。」這裏靜得讓人覺得存在就是破壞，賈島心想：「如果我來，李凝又剛好出來，這當然最好。若退而求其次，沒有約或不約，想到就去，稍等即回。既沒迎接，更不必送別。即使遇上最宜訪友的月色，對照人事流轉，各自匆匆，又應向誰交代行蹤？」

「我家主人不在。」鳥說。

「謝謝，不必告訴他。我下次再來，保證不再敲門。」賈島說畢，旋即轉身尋路。

落葉他鄉樹寒燈獨夜人

灞上秋居

馬戴

灞原風雨定，晚見雁行頻。
落葉他鄉樹，寒燈獨夜人。
空園白露滴，孤壁野僧鄰。
寄臥郊扉久，何年致此身。

秋寒葉落，拿起，放下，有感也有觸。一盞孤燈，映照殘葉，各自堅持位置，而又互相襯托。像兩個孤獨的人聊起寂寞，與其再想比喻，運用懸念，不如直接陳述。

為甚麼會在這裏？作客的他開始陳述自己的故事，主場的樹留心聆聽，有時會搖搖頭，彷彿在規勸，路燈繼續堅守崗位。

應該要回去了？離開是為了更好的回來，可惜的是，我仍只能穿上同一套衣服。

想着想着，一塊黃葉，又在燈影中飄了下來。

獨敲初夜磬 閒倚一枝藤
世界微塵裏 吾寧愛與
憎

北青蘿

李商隱

殘陽西入崦，茅屋訪孤僧。
落葉人何在，寒雲路幾層？
獨敲初夜磬，閒倚一枝藤。
世界微塵裏，吾寧愛與憎。

寂靜中，沒有愛，沒有恨，一切皆空，反得圓滿。然則，多情詩人李商隱又在追尋甚麼？

他正尋訪高僧，探問人生。從日出東山到夕陽西下，從繁花似錦到殘葉滿地。大千世界，都在微塵。豪宅茅屋，道理一樣。倒不如閒倚一枝藤，靜中觀物動。

不再說愛，自然也談不上恨。既居茅屋，自當一切尚簡。李商隱作揖告辭，若有所得。

七言律詩

日暮鄉關何處是
烟波江上使人愁

黃鶴樓

崔顥

昔人已乘黃鶴去，此地空餘黃鶴樓。
黃鶴一去不復返，白雲千載空悠悠。
晴川歷歷漢陽樹，芳草萋萋鸚鵡洲。
日暮鄉關何處是？煙波江上使人愁。

曾經在黃鶴樓題詩的大詩人，如今都在哪裏？是否都已在日落之前，回到自己的故鄉？白雲悠悠，暮色由遠而近，像隨風傳來的叮嚀，這就是鄉關之思，一條曲曲折折、看不到盡頭的心靈之路，它繞過高山，繞過村莊。

盤飧市遠
無兼味
樽酒家貧
只舊醅
肯與鄰翁相對飲隔籬呼取盡餘杯

客至

杜甫

舍南舍北皆春水，但見群鷗日日來。
花徑不曾緣客掃，蓬門今始為君開。
盤飧市遠無兼味，樽酒家貧只舊醅。
肯與鄰翁相對飲，隔籬呼取盡餘杯。

朋友是要見的，尤其是竟日無事，心情大好的時候。

杜甫差不多五十歲了，飄泊大半生，今年終於稍能安定，在成都建立的草堂又剛裝修完畢，心情大好。

草堂環境清幽，鳥語花香，倘好友來訪，一定會很喜歡。

「咯，咯」，杜甫開門一看，竟是親友崔明府！二人作揖行禮，又擁抱了一下。杜甫說：「幸好我剛打掃花徑，歡迎您來，我早念着您呢！」崔明府說：「不要客氣，怕你忙！」

「我們都不要客氣。來，坐。我有些自家釀的酒，您一定要多喝兩杯！這樣吧，鄰居老友也愛喝酒，請他一起過來，大家盡興。」說罷，杜甫趕快拿出兩瓶待客酒。鄰翁隔着籬笆，趕緊說：「等等我。」

風急天高猿嘯哀

登高

杜甫

風急天高猿嘯哀，渚清沙白鳥飛回。
無邊落木蕭蕭下，不盡長江滾滾來。
萬里悲秋常作客，百年多病獨登臺。
艱難苦恨繁霜鬢，潦倒新停濁酒杯。

秋日登高，氣爽並非必然。此刻急風驟來，兩鬢的白髮如飄雪揚起，始終在原定的位置，卻又不由自主。

抱恙的詩人心頭一凜，正想原路回去，眼前的山和水卻仍在合奏一首悲曲，叫飄泊的人多留一會。秋悲、水愁、山河怨、猿嘯哀，落木蕭蕭，全非舊時模樣。

詩人病了，高處更添寒意。從前種種，此刻蒼蒼茫茫，百感交集，恐怕已是病者的極限，此中還包括年老、窮愁、潦倒、奔波和疲憊。

此後，詩人輾轉流徙，詩歌輾轉流傳。一千二百多年過去了，步步艱難，句句是悲，但只要挺起胸膛，朗讀起來，還是能發現登高望遠的美感和力量。

花近高樓傷客心 萬方多難此登臨
志清

登樓

杜甫

花近高樓傷客心，萬方多難此登臨。
錦江春色來天地，玉壘浮雲變古今。
北極朝廷終不改，西山寇盜莫相侵。
可憐後主還祠廟，日暮聊為梁甫吟。

此際萬方多難，詩人墨客，天涯飄泊，着意尋訪，注定落空；難得偶遇，卻又瞬即話別。於是，獨自莫登樓。視野再闊，都不是完整的心情。唉，悲哀原是，對的時間，錯的事情。

無論世事如何變改，春色還是依舊應約和許諾。百花競艷，借景容易，抒情實難，勉強為之，更添黯然。唉，遺憾就是，對的場景，錯的人事。

丞相祠堂何處尋
錦官城外柏森森 志清

蜀相

杜甫

丞相祠堂何處尋，
錦官城外柏森森。
映階碧草自春色，
隔葉黃鸝空好音。
三顧頻煩天下計，
兩朝開濟老臣心。
出師未捷身先死，
長使英雄淚滿襟。

杜甫先生：

我生於一八一年，你生於七一二年，我整整大你五百多年，算是你的老前輩了。我北伐大計未成，你認為會「長使英雄淚滿襟」，實在過譽，我只是盡力而為，既已盡力，應當沒有遺憾，你也不必太傷感。

看到你為我寫的幾首詩，甚是欣慰。聽說你要尋找我的祠堂，走了很多路，令我好生感動。我的祠堂在四川成都，地方較偏僻，屬城外郊區，但那裏是蜀漢的故都呢！只要你找到一個長滿柏樹的地方，就對了。環境清幽，樹上的黃鶯愛唱懷舊老歌，我很喜歡這個地方。

至於你提到的陳年往事，好像三顧茅廬、輔助後主等，都是盡力而為而已。一切俱往矣，多謝你的詩，為我帶來美好的回憶。

據說人工智能（AI）大行其道，還有我的資料，十分榮幸。我最近亦學會發送電郵，希望你會收得到。祝

生活愉快，三餐溫飽！

諸葛亮謹啟

白日放歌须縱酒
青春作伴好還鄉

聞官軍收河南河北

杜甫

劍外忽傳收薊北，初聞涕淚滿衣裳。
卻看妻子愁何在，漫卷詩書喜欲狂。
白日放歌須縱酒，青春作伴好還鄉。
即從巴峽穿巫峽，便下襄陽向洛陽。

「不用急於打點行李，最重要的是快，呵呵我在說甚麼呢？我想立即回老家看看。」杜甫對老妻說。說時手舞足蹈，如沐春風，細看原來喜極而泣。

收復河山，得以回鄉，當中的滋味，飄泊的人最有體會。

一個好消息，讓一個五十多歲的詩人變得渾身有力，甚至忘記歲月早早沒收了他的青春，恰像雨後仍然挺拔的草木，終於擺脫多愁善感，並能以一句欣欣向榮，代替長年累月的百感交集。

歸心似一場百米短跑，老詩人連跑帶跳，不是奔向終點，而是要回到起點。沿途風光，無憾比起無限，看來重要得多。

詩人夾着一瓶酒，仍然跑得很快，彷彿要以青春的表情和動作，追回逝去的日子。

山雨欲来风满楼

咸陽城西樓晚眺

許渾

一上高城萬里愁，蒹葭楊柳似汀洲。
溪雲初起日沉閣，山雨欲來風滿樓。
鳥下綠蕪秦苑夕，蟬鳴黃葉漢宮秋。
行人莫問當年事，故國東來渭水流。

山雨欲來，催我綢繆。但要動身回去，已經不是最好的時候。

雲沉風急，像大吵一場之後的黑臉色。詩人身處高樓，四周的美景，轉眼已從示現變成示警。鳥兒倉皇尋找樹影，秋蟬趕緊藏身葉片。

若要素描此景，已經太淡，難以狀貌，大概就只餘象徵。楊柳表示離別，蒹葭象徵思念，汀洲代表故鄉。遠眺前方，伸一把時間尺，萬里愁懷，歲月如果有聲，那應該是颶風的唏噓。

渭水裝作聽不見，自然無語以對。還是回去吧，一切應然與必然，在風滿樓的時候，最好及早釋然。

誰解乘舟尋范蠡
五湖烟水獨忘機

七言律詩

利州南渡

溫庭筠

澹然空水帶斜暉，曲島蒼茫接翠微。
波上馬嘶看棹去，柳邊人歇待船歸。
數叢沙草群鷗散，萬頃江田一鷺飛。
誰解乘舟尋范蠡，五湖煙水獨忘機。

岸邊楊柳垂條，微風過處，像依依話別。詩人乘舟南渡，看見河水倒影茫茫，像從摺疊的歲月一路走來、化開，然後，起程歸去。

名和利，兩忘煙水裏。笑一笑，就近尚可，但再也不遠行了。

劉郎已恨蓬山遠更隔蓬山一萬重

無題．來是空言去絕蹤

李商隱

來是空言去絕蹤，月斜樓上五更鐘。
夢為遠別啼難喚，書被催成墨未濃。
蠟照半籠金翡翠，麝薰微度繡芙蓉。
劉郎已恨蓬山遠，更隔蓬山一萬重！

只要身有彩翼，即使遠在天邊，也能相約一聚。詩人寫過的一首詩，大意如此，看來也只能止於如此。詩人赴約，佳人爽約，一個殘缺不堪的愛情劇本，即使拿針線給月老縫合，也注定無法圓滿。

夢醒了，一重又一重的山巒，起起伏伏，攤開來，就像被摺皺的一節節回目，重組恨遲，也恨難。我在這頭，你在那頭，像蠟燭的兩端，各自燃起思念，來日的煎熬將隨風回向，直至煙消，然後徐徐入夢。

是夢太美，還是現實太殘酷？看來是前者居多，因為前述的各自思念，早被你修正為獨自思念。

身無彩鳳雙飛翼
心有靈犀一點通
志清

無題・昨夜星辰昨夜風

李商隱

昨夜星辰昨夜風，畫樓西畔桂堂東。
身無彩鳳雙飛翼，心有靈犀一點通。
隔座送鉤春酒暖，分曹射覆蠟燈紅。
嗟餘聽鼓應官去，走馬蘭臺類轉蓬。

心花綻放，幸遇惜花人。此時此刻，即使只是半刻，也已經沒有遺憾。

話別之後，來了萬種寂靜，夜的不遠處，住着星辰，觀照人世，閃動如燭淚，彷彿在憐憫。再遠一點，就是你居住的地方了。

今夜星光閃爍，我們的心語和對話，剛好鑲在其中，珍貴如鑽。

曉鏡但愁雲鬢改

無題．相見時難別亦難

李商隱

相見時難別亦難，東風無力百花殘。
春蠶到死絲方盡，蠟炬成灰淚始乾。
曉鏡但愁雲鬢改，夜吟應覺月光寒。
蓬萊此去無多路，青鳥殷勤為探看。

同心而離居，是否就這樣憂傷終老？若我的思念遠道而至，你會不會開門迎接？相聚不易，何況還要不黯然地說一句珍重！

暮春驟來，窗外百花已殘，倘映入鏡中，光影相看，皺着眉頭，恍若垂憐。才不過兩天，兩鬢已像陌生的訪客，逕自前來，歲歲月月，從此再不離開。

五言絕句

欲窮千里目 更上一層樓
志清

登鸛鵲樓

王之渙

白日依山盡，黃河入海流。
欲窮千里目，更上一層樓。

王之渙說，只要更上一層樓，就可以看到山海環抱，更可以擁有日出和晚霞；今人說，若想指點風景，自己就得站高一點兒。

層樓更上，一層又一層。為了好風景，雖有志向，但樓價不饒人。

春眠不覺曉　處處聞啼鳥

五言絕句

春曉

孟浩然

春眠不覺曉，處處聞啼鳥。
夜來風雨聲，花落知多少？

城市人想要享受歸隱田園的意境，大多只能在某個春天的晚上，有緣遇上一場美夢。田園詩人孟浩然與王維齊名，詩風恬淡自然，合稱山水田園詩派。孟夫子和我們年代不同，卻同樣在鳥兒歡樂的和唱中感到滿足。詩人、我們與自然，相視一笑，伸一伸懶腰，這一覺，順應自然，起得不遲也不早。

此際風光明媚，昨夜卻是風雨交加，殘花處處，鳥兒的鳴叫，是不是在提醒我們，昨晚的那一場好夢，並非必然？

移舟泊烟渚
日暮客愁新
野曠天低樹
江清月近人

宿建德江

孟浩然

移舟泊煙渚，日暮客愁新。
野曠天低樹，江清月近人。

江水流轉，像憂鬱美人臉上的薄紗遇微風輕飄，又像剛剛敷上的一塊半透明面膜，在婉轉地投訴歲月和遭遇。遠處的天空比眼前的樹還要矮，一副楚楚可憐的樣子。換一個角度再看，卻茫無邊際。

旅居異地的過客，此刻也茫無頭緒。且把小船泊於幽渚，宿建德江。落日看他，應像恃才傲物的才子，曲臂成枕，翹起二郎腿。他知道，多美好的景物，都是萍水相逢，絕非歸宿。

明月相照，一片清朗，像先前提及的美人掀起了輕紗，回到最曼妙動人的原貌。才子孤枕難眠，去日苦多，而之於月，卻越來越近。

空山不见人
但聞人語響

鹿柴

王　維

空山不見人，但聞人語響。
返景入深林，復照青苔上。

此山人跡罕至，與幽靜渾然天成。幽靜指的是，靜而不至於滅。空谷傳音，似有若無。既已在心，又像身外。細看細聽，就在不遠處，卻終無所見。

樹木參天，肩並肩，身處其中，見樹見林，頗覺幽暗。幽暗指的是，晦而不至於滅。偶有一縷餘暉，復照青苔，現出虛妄與希望。

無所見無所聽，卻終於有所發現，這就是畫意和詩意。此時靜靜在心頭，山本無形，音亦聲希，至有了顏色，一切才豁然開朗。

鳥鳴山更幽，但重點不在鳥鳴。

以上解釋，俱像鳥語。如畫如詩，實難言傳，還請靜下心來，感受名家畫意。

卻下水精簾
玲瓏望秋月

五言絕句

玉階怨

李白

玉階生白露，夜久侵羅襪。
卻下水精簾，玲瓏望秋月。

如果思念是怨，一直在遠行的遊子，你知道誰在怨你嗎？我想這不算是怨。月色朦朧，如果能傳來一個消息或一份情意，如果玉階上的白露藏着我最溫柔和純潔的愛情，當月色灑過，風吹過，你是否還來得及低頭垂注？

美人捲珠簾
深坐顰蛾眉
但見淚痕濕
不知心恨誰
志清

五言絕句

怨情

李白

美人捲珠簾，深坐顰蛾眉。
但見淚痕濕，不知心恨誰。

珠簾慢慢捲起，她看着他離開的方向，想起曾經說好的兩句話：他成功他會回來，他失敗他更需要回來。

看着想着，眼底像無限回憶的西湖，兩個人在淚光中泛舟湖上。

「要您久等了！」然後呢？然後他會用甚麼理由回應這從不屬於她的歲月靜好？她坐在蓆上，繼續等候。她鎖起眉頭，思憶便沉下心頭。她深深知道，微微對下的魚尾有點像鑰匙，卻開不了心顏。

她讀過他的詩，棄我去者，昨日之日不可留，很瀟灑。可惜她注意的是後一句：亂我心者，今日之日多煩憂。人生在世不稱意，明朝散髮弄扁舟。他可以，但她不能。

一個約定，兩地相思，真的？假的？是承諾？還是隨便說說？

「我已接近虛空，不知遠方的你，能否自給自足？」珠簾徐徐落下。

牀前明月光疑是
地上霜

五言絕句

靜夜思

李白

牀前明月光，疑是地上霜。
舉頭望明月，低頭思故鄉。

是一個難眠的晚上，寂寞的月色從窗外灑進牀頭，彷彿傳來家鄉的音信。從前種種，都讓月色收集，凝結成地上的一層銀霜，色似兩鬢。還要飄泊多久？詩人也有些疑惑。

思鄉，這是最難和解的失眠原因。

日暮蒼山遠
天寒白屋貧
柴門聞犬吠
風雪夜歸人

逢雪宿芙蓉山主人

劉長卿

日暮蒼山遠，天寒白屋貧。
柴門聞犬吠，風雪夜歸人。

如此冬夜，雪下了一場又一場。一個旅人，路趕了一程又一程。暮色逢雪，益顯蒼茫。山路崎嶇，偏又漫長。旅人偶爾回首，思視來路，深灰色的足印轉瞬即逝，彷彿只勸人一直往前期許，直到找到一間揹着雪的小屋，可以放下行李，依稀不是過客。

柴門聞犬吠，風雪夜歸人，你既是歸人，但也是過客。你心中明白，這山這雪這小屋這柴門，都明明白白，連一切的相逢，都沒有例外。

北斗七星高哥舒夜带刀至今窺牧馬不敢過臨洮

哥舒歌

西鄙人

北斗七星高，哥舒夜帶刀。
至今窺牧馬，不敢過臨洮。

夜深了，哥舒翰一身勁裝打扮，守在關前，萬夫都躲得遠遠的。星有多高，志氣便有多高。一刀在手，日月分明，正邪必有分界。有我哥舒翰在此，吐蕃休想擾我邊境。

三日入廚下
洗手作羹湯
未諳姑食性
先獻小姑嘗

五言絕句

新嫁娘詞

王建

三日入廚下，洗手作羹湯。
未諳姑食性，先獻小姑嘗。

新娘子過門後三日，必須下廚，相當於考牌，主考是丈夫的母親（家姑）。

夫家小姑很偉大，願意先試試味道。

「嘩……」

「味道如何？」新娘戰戰兢兢。

「你想聽真心話嗎？」小姑答。

「當然想。」

「尚有無窮無盡的改進空間。」說時遲，那時快，小姑的肚子舉手投訴，她立即嘔出一大片不知可稱為甚麼的物體。

晚來天欲雪
能飲一杯無

問劉十九

白居易

綠螘新醅酒，紅泥小火爐。
晚來天欲雪，能飲一杯無？

與好友圍爐取暖，漫談人生，既暖在身，也暖在心。

今晚如果下雪，我們就一起賞雪；在這樣的時節，你正好在此，還有甚麼事情，可比此刻更好？

劉十九應邀，曲折地趕了一程，茂林好整以暇，彷彿已準備披上一件白衣裳。

「十九兄，歡迎，請入寒舍暖一暖。小弟家中沒甚麼好東西，但總算有新釀的米酒，賣相不怎麼樣，但足可驅寒。來，乾一杯乾一杯恭祝友誼。」白居易熱情地說。

「白兄太客氣了，我既然來到，又怎會只喝一杯？來，我再溫一杯，明天的愁，明天再算。」劉十九笑道。

「好，說得太好了。」二人又碰了一杯。

千山鳥飛絕
萬徑人蹤滅
孤舟蓑笠翁
獨釣寒江雪
志清

江雪

柳宗元

千山鳥飛絕，萬徑人蹤滅。
孤舟蓑笠翁，獨釣寒江雪。

寒江披雪，染千山萬徑。飛鳥絕跡，但見一位漁翁，自放中流，在同樣孤獨的舟中垂釣。有魚拉上來，沒魚便等下去。他不穿羽絨，只戴一頂草帽。雪隨風飄過臉旁，但他專注垂釣的表情和動作，始終不變。

如果雪是天地向初心的表白，則孤寂只能算是一場內心的獨白，總算各自恰好。

夕陽無限好
只是近黃昏
志清

五言絕句

登樂遊原

李商隱

向晚意不適，驅車登古原。
夕陽無限好，只是近黃昏。

「夕陽無限好，不及你那麼好。」銀髮老者深情地看着身邊人，又似忍住不笑。

「口花花，幾十年都是這樣，也不知跟過多少人說。」婆婆嫣然一笑，臉色暖暖，帶着夕陽的餘暉。

「有人說夕陽無限好，好在近黃昏。開開心心，有美相伴，人生至此已無憾！」老者說。

「今個月很好，生果金雙倍，又有消費券。」婆婆說。

「希望我們都用不着醫療券。」老者再一次深情地看着婆婆，兩個人都笑了。

七言絕句

少小離家老大回
鄉音無改
鬢毛衰

兒童相見不相識
笑問客從何處來
志清

回鄉偶書二首・其一

賀知章

少小離家老大回，鄉音無改鬢毛衰。
兒童相見不相識，笑問客從何處來？

我是賀知章，今年八十六歲，終於退休了，我打算回老家看看，已經五十多年沒有回去。

路途遙遠，幸好不用上網訂車票，年輕人的玩意，我怎會懂得？

到了，到了，是這裏了，啊不是，要多走幾步。

一切都是舊模樣，除了我的容貌和頭髮。這裏已經沒有我認識的人了。

「伯伯，您是從甚麼地方來的？」

「三位小朋友，我離鄉多年，你們不可能認識我了。」幸好我的家鄉話仍然流利。

「伯伯，您行李箱內的禮物是送給我們的嗎？」

「哈哈，可以，可以，你們真乖。」

然後，三個孩子像家鄉的保鏢，陪我回家

桃花盡日隨流水洞在清溪何處邊
志清

桃花溪

張旭

隱隱飛橋隔野煙，石磯西畔問漁船。
桃花盡日隨流水，洞在清溪何處邊。

「晉太元中，武陵人捕魚為業。緣溪行，忘路之遠近。忽逢桃花林，夾岸數百步，中無雜樹，芳草鮮美，落英繽紛，漁人甚異之。復前行，欲窮其林。」

——陶淵明《桃花源記》

張旭比陶淵明晚三百多年，一定讀過《桃花源記》。「桃花盡日隨流水，洞在清溪何處邊？」他划船而過，兩旁都是幽深的山谷，四周如仙境朦朧，引人深入。再遠一些，一座高橋橫亙兩谷之間，以人力、智慧點綴風景，助己助人。一直往前，會不會就是陶氏所說的桃花源？這裏有桃花溪、桃花林，但哪裏才是洞口呢？

「漁人先生，請問桃花源的入口在哪裏？」詩人問。

「見則有，不見則無。」說罷，漁人像快閃般躲至山後，再無覓處。

「這是我嚮往的地方，入夜前，我一定能找到入口。」詩人下定決心。

黃河遠上白雲間
一片孤城萬仞山

涼州詞二首・其一

王之渙

黃河遠上白雲間，一片孤城萬仞山。
羌笛何須怨楊柳，春風不度玉門關。

登高眺望，洶湧澎湃的黃河水在上游接力，爭先奔向遠處的白雲。水雲相接，天涯處處浪跡。

孤城裏有同樣孤獨的守城人，他們在玉門關前，尋墜緒之茫茫，雖有群山簇擁，鄉情終究難解。此時忽有人吹起哀怨纏綿的笛子，這楊柳之思，就暫寄春風吧，來日再取。

獨在異鄉為異客
每逢佳節倍思親

七言絕句

九月九日憶山東兄弟

王維

獨在異鄉為異客，每逢佳節倍思親。
遙知兄弟登高處，遍插茱萸少一人。

農曆九月九日，重陽節，據說這是團聚的節日。

人在異地，兼逢深秋。我沒有登高，也沒有喝菊花酒，只是靜靜地想起我的家人、我的家鄉。

成長的路，漸行漸遠；回家的路，越來越漫長。

思念就是遙遠的祝福，我想念你，你想念我。皓月當空，只要同時抬頭看一看，自然倍添感觸。兄弟，我約定你，最遲在農曆年，要非你前來，就是我回去。

勸君更盡一杯酒
西出陽關無故人

送元二使安西

王維

渭城朝雨浥輕塵，客舍青青柳色新。
勸君更盡一杯酒，西出陽關無故人。

元二是王維的好朋友，他奉命出使安西，途中必須經過陽關。未抵陽關之前，王維在渭城送別，二人依依不捨。

清晨時分，渭城下了一陣小雨，柳樹得了點綴，容光煥發。遺憾的是，楊柳代表離別，在元二居住的旅店外，一片翠綠，觸目所見，益顯離情。走着走着，間或細雨紛飛，塵土輕揚，彷彿要作出甚麼補充，遇雨，塵土又好像都有難言之隱，於此打住。

一路從東而西，所遇各種場景，都像為友誼而設。

「老朋友，珍重為盼，來，多喝一杯！之後，不要說共飲，就連見一面也不容易啊！」王維手執一杯，另一杯則遞給元二。

「多謝多謝。」元二忍住淚水，想到王維的隆情厚意，贈詩勸酒，今天的富足，實在足以接濟未來的孤單匱乏。

洛陽親友如相問
一片冰心在玉壺

芙蓉樓送辛漸

王昌齡

寒雨連江夜入吳，平明送客楚山孤。
洛陽親友如相問，一片冰心在玉壺。

只要我的心高潔澄明，不為俗世所牽，仕途上的挫折，也沒有甚麼好在意的。說的是以邊塞詩聞名後世，詩風正直豪邁的「詩家天子」王昌齡。

送別好友辛漸的前一晚，天寒兼逢夜雨，幸好尚能暢飲歡聚，實在難得。除了酒肉與笑聲，還可拿甚麼給朋友餞行？

早上臨別依依，但見群山蒼翠，河山壯麗，王詩人拿出藏好的心事，挺起胸膛，以堅定的語氣向辛漸剖白，請君為他傾耳聽，並轉告洛陽的親友、故交。

「世事多變，但我一直沒有忘記初心，就放在這個玉壺，清澈透明，我會一直堅持，請各位放心。」

辛漸垂眼一看，果然清澈見底，頓覺四周的空氣，全是正氣。

兩岸猿聲啼不住 輕舟已過
萬重山

七言絕句

早發白帝城

李白

朝辭白帝彩雲間，千里江陵一日還。
兩岸猿聲啼不住，輕舟已過萬重山。

終於克服重重難關，越過高山越過谷，小舟與詩仙的心情皆輕鬆愉快，正朝向景致迷人的目的地。

無拘無束，反而能盡覽四周的風景。猿猴的嘯聲與呼呼的風聲爭先搶白，不絕於耳。詩人說，我歸心似箭，已經沒有時間爭論了。

正是江南好风景
落花时节又逢君

江南逢李龜年

杜甫

岐王宅裏尋常見，崔九堂前幾度聞。
正是江南好風景，落花時節又逢君。

上一次相逢，他們都年輕，恃才放曠，意氣相投；今番重遇，卻是另一番景象，像風景無法選擇季節，而下一次，也約起無從。

詩人身處江南，正值春光明媚，好風好景。但細看一下，春天也快將過去，周圍多是曾經風光如今凋謝的黃花。

老朋友點點頭，往事如夢如幻，只有一條營役路，筆直的就在眼前。

三春白雪歸青塚
萬里黃河繞黑山

征人怨

柳中庸

歲歲金河復玉關，朝朝馬策與刀環。
三春白雪歸青塚，萬里黃河繞黑山。

時在暮春，仍見白雪飄飛，萬里奔騰的黃河，像攔腰環抱，繞過黑山，一重，一重，歲歲月月。

山巒層層疊疊，正想打道回府的飛鳥不禁感嘆：玉關，關關難過。

青塚獨向黃昏，曾經國色天香，如今又藏着幾多等待細訴的深沉故事？

舊时王谢堂前燕飛入尋常
百姓家
志清

烏衣巷

劉禹錫

朱雀橋邊野草花，烏衣巷口夕陽斜。
舊時王謝堂前燕，飛入尋常百姓家。

尋常日子，如果能夠自給自足，很可能已是最好、最值得珍惜的日子。過去如何風光，夜夜笙歌，皆非永恆，甚至令人對真摯的感情視而不見。

劉詩人看到眼前的烏衣巷破落不堪，與昔日金陵的金光璀璨恰成對比，不免感到唏噓。昔日飛入富戶大宅的燕子，現在只能飛入平民百姓的蝸居了。斜陽殘照，牠們可會發出深深的嘆息？

雕欄玉砌已不在，直至發現最純最真的情懷，方知野花之開落，其實是生生不息，藏着最純粹的情意。

月落烏啼霜滿天

楓橋夜泊

張繼

月落烏啼霜滿天，江楓漁火對愁眠。
姑蘇城外寒山寺，夜半鐘聲到客船。

遠山已披上一件白衣裳，月影漸漸沉落。時近夜半，岸上楓樹婆娑，海中漁船燈火，山中的烏鴉像在朗誦詩篇，偶爾劃破四周的寧靜。

詩人旅居楓橋附近，夜宿舟中，欲眠難眠，想到從前，也想到將來。寂寥之情，遇上寂寥之景。

直到寒山寺的鐘聲由遠而近，敲動心窗，詩人才回過神來，知道明天又是動身的時候。

去年今日此門中
人面桃花相映紅
人面不知何處去
桃花依舊笑春風

題都城南莊

崔護

去年今日此門中，人面桃花相映紅。
人面不知何處去，桃花依舊笑春風。

他是才子，她是佳人。一次偶遇，一句搭訕，流傳千年。桃花雖美，不及她的美。只要看到桃花，就會想起嬌羞的容顏。

尋覓又尋覓，重來又重來，景物依舊，想念的人卻遍尋不遇。既尋找現在的她，也尋找過去的自己。即使不經意地找找看看，他還是會一再回到從前相遇的地方。

明年今日，桃花依舊思春風。

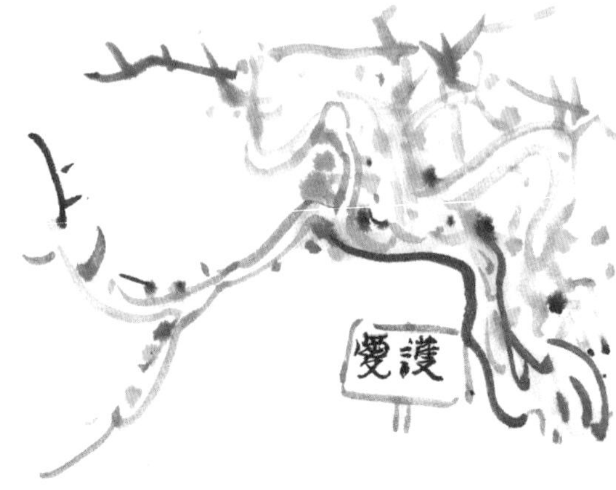

花開堪折直須折
莫待無花空折枝

七言絕句

金縷衣

杜秋娘

勸君莫惜金縷衣，勸君惜取少年時。
花開堪折直須折，莫待無花空折枝。

「桃之夭夭，灼灼其華。之子于歸，宜其室家。」以上是《詩經．桃夭》的名句，借桃花開得燦爛，讚美年輕女子在最美麗最適合的時間出嫁，相得益彰。

《金縷衣》則更加貼地，直接提出忠告。華美的衣服，可以一再訂做。但美好的少年時光則不然，去了就不會復返。好像美麗的花朵，盛開之時，就應及時採摘。不要待過了最好的時間，才後悔錯過機會。

畫中人響應呼籲，但變為「逃之夭夭」。

「你這個採花賊，別跑！」公園的保安大哥為了護花，一直從後追趕。

商女不知亡國恨
隔江猶唱後庭花

泊秦淮

杜牧

煙籠寒水月籠沙，夜泊秦淮近酒家。
商女不知亡國恨，隔江猶唱後庭花。

夜色自遠而至，至秦淮河一帶，即如白天亮着暖色的燈。秦淮河的水，輾轉流入長江，一起一伏，不眠不休，像持續不斷地告別和迎接。

夜涼如水，但誰都志不在水。船隻早如常泊近河畔，岸上酒家處處，才子稍移妙步，歌女聞聲相迎。她清清喉嚨，隔江猶唱。歌聲着意艷抹，月色更似素顏。

聞歌，本可起舞，驅走寒意。然而歌女這一曲，卻叫才子心頭一凜。「還是唱另一首吧」，才子心想。

轻羅小扇撲流螢
志清

七言絕句

秋夕

杜牧

銀燭秋光冷畫屏，輕羅小扇撲流螢。
天階夜色涼如水，臥看牽牛織女星。

農曆七月七日，牽牛星與織女星會於銀河相會，古意浪漫，稱為牛郎織女鵲橋相會，是一則愛情典故。

「甚麼時候，我也能遇上真摯的愛情？」她從愛情典故回到現實，滿是期盼。有時候，心上人就在附近，卻偏偏難以遇見。

一個秋晚，在偌大的皇宮中，庭院的屏風畫在燭影之下，顯得有點幽冷。她在微弱的銀燭光下，顯得孤單寂寞，有時不免想到將來，卻無處找人傾訴。

平白無聊，她便拿起小扇撲撲螢火，聊解寂寥。

她一邊撲螢，一邊在悶悶地等待，唉，愛情，你是不是就躲在這裏？

再看那些螢火，有些撲到了，有些卻撲了空。

借問酒家何處有
牧童遙指杏花村

七言絕句

清明

杜牧

清明時節雨紛紛，路上行人欲斷魂。
借問酒家何處有？牧童遙指杏花村。

細雨紛飛，趕路的人想快快尋找安頓的地方，深綠色的原野或能體會他那沉實的心事。

「小伙子，你知道哪裏有酒家嗎？」過者問牧童。

「老人家，那邊吧，在開滿杏花的那個村莊，應該有，您慢慢走。」騎在牛背的牧童手指遠處。

村牛叫了一聲，繼續怡然前行。

可憐無定河邊骨
猶是春閨夢裡人

七言絕句

隴西行四首．其二

陳陶

誓掃匈奴不顧身，五千貂錦喪胡塵。
可憐無定河邊骨，猶是春閨夢裏人。

求兩手相牽，恐為時已晚。要牽你入夢，卻為時尚早。君浩氣壯闊，可比河山。當我柔腸寸斷，又應向何處領回，一個完完整整的思念？

夢裏方知，真亦假時，假始終是假。是否還包括，一次又一次，答應我平安回來的諾言？俱往矣，青青河邊草，浪漫珊瑚島，夢景如此真實，但現實的每一天，卻似虛度。

天明之時，幕前幕後，同告幻滅。然而你又會在世界甚麼地方，以甚麼形式傳給我另一種承諾？

君問歸期未有期巴山夜雨漲秋池

夜雨寄北

李商隱

君問歸期未有期，巴山夜雨漲秋池。
何當共剪西窗燭，卻話巴山夜雨時。

詩人在外，雨中念內。借雨景抒離情，亦由外而內。

秋雨連綿不斷，池塘水也漲得滿滿，大概是思念與夜雨的鬱積。難怪大作家也說：「所有記憶都是潮濕的。」

詩人站在樓閣，心想反正要避雨，不如索性看看雨。「這個時候，遠方的家是晴是雨？妻子在家是否一切安好？來日相見，我一定要好好跟她訴說這場罕見的大雨。」詩人的想像和回憶，彷彿穿過現在的雨，看到家鄉的情況。

嘩啦嘩啦，雨下不停。即使有雨具，看來也難以施展。此地不宜久留，詩人是知道的，但他同時也知道，滯留才是最精確的形容。

「家是一定要回的，只是還不知道確實日期。」李商隱今天有點鬱悶，老是想着這個問題。

嫦娥應悔偷靈藥
碧海青天夜夜心

嫦娥

李商隱

雲母屏風燭影深，長河漸落曉星沉。
嫦娥應悔偷靈藥，碧海青天夜夜心。

銀河落幕，曉星沉，燭影深，這不是流行歌詞，而是月宮仙女嫦娥年年月月日日的寫照。

富在深山有遠親。何以美如天仙，居於億億呎豪宅的嫦娥卻無人問津，讓寂寞與宇宙的一生長相廝守？

是是非非，半點不由人，那就由得它吧。

沒有誰對誰錯，也沒有後悔不後悔。像我這樣的一個平凡女子，自有歸宿，我幽居，但不憂居。不勞凡夫關注，尤其在初一、十五。其實，你無須同情，更不必尋找，因為我天明就走。

樂府詩

胡旋女
胡旋女
心应弦
手应鼓
弦鼓一聲雙袖舉
迴雪飄颻轉蓬舞

胡旋女（節錄）

白居易

胡旋女，胡旋女。心應弦，手應鼓。
弦鼓一聲雙袖舉，迴雪飄颻轉蓬舞。
左旋右轉不知疲，千匝萬周無已時。
人間物類無可比，奔車輪緩旋風遲。
曲終再拜謝天子，天子為之微啟齒。

胡旋舞，不是指胡亂旋轉的舞。胡是指「西域」，胡旋舞是西域傳入中土的舞蹈，盛行於唐代。

轉轉轉，妙妙妙。舞者轉一轉，觀者暈一暈。

鼓樂聲起，聽猶可以，視覺卻跟不上。她在揮，在旋，在轉，在飄。像文裝打扮的白色直升機在半空盤旋，這是真真正正的目不暇給。

舞者偶然回復常人的姿勢，觀者的腦袋卻仍然天旋地轉。

旁觀者清，遠觀者應該可以更清，清醒的清。

舞不迷人人自迷，請保持距離。

書　　名	清蒲集—畫說唐詩一百首
繪　　畫	李志清
撰　　文	蒲　葦
封面及版式設計	曦成製本
責任編輯	張宇程
美術編輯	蔡學彰
出　　版	天地圖書有限公司 香港黃竹坑道46號 新興工業大廈11樓（總寫字樓） 電話：2528 3671　傳真：2865 2609 香港灣仔莊士敦道30號地庫（門市部） 電話：2865 0708　傳真：2861 1541
印　　刷	亨泰印刷有限公司 柴灣利眾街德景工業大廈10字樓 電話：2896 3687　傳真：2558 1902
發　　行	聯合新零售（香港）有限公司 香港新界荃灣德士古道220-248號荃灣工業中心16樓 電話：2150 2100　傳真：2407 3062
出版日期	2023年7月初版 / 10月第二版・香港

ISBN : 978-988-8550-98-2